누가

Who
Moved
My
Cheese?

내치즈를
옮겼을까?

WHO MOVED MY CHEESE?

by

Spencer Johnson, M. D.

"우리는 가끔 자신의 미래를 보다 선명하게 그려볼 수 있는 책을 접하게 되는데 「누가 내 치즈를 옮겼을까?」는 내게 바로 그런 책이었다. 스펜서 존슨은 내가 미처 깨닫지 못하는 사이에 눈앞을 스쳐 지나가는 변화에 눈을 뜰 수 있는 길을 제시해 주었다. 이 책은 새 천년을 준비하는 이들에게 길잡이가 될 것이다."

— 피터 F. 드러커 경영대학원 데이비드 A 히넌

*

"사람들은 변화를 진행하고 있는 일의 일부라고 생각할 뿐, 생활의 일부로 받아들이지는 않는다. 「누가 내 치즈를 옮겼을까?」는 간단하고 이해하기 쉬운 지도와 같아서, 커다란 변화에 맞선 이들에게 이정표를 제시한다."

— 이스트맨 코닥(EASTMAN KODAK) 수석부사장 마이클 모를리

*

"이 책을 읽는 동안 나는 이런 상상을 하게 된다. 거실 벽난로 앞에 앉아 자녀들과 손자들에게 이 놀라운 이야기를 읽어주는 나 자신과 책장을 넘길 때마다 심오한 교훈을 얻는 그들의 초롱초롱한 눈망울을….."

— 항공과학센터 라이트 패터슨 공군기지 중령 웨인 워셔

"이 책은 이미 고전적인 우화가 되었다. 책 속에 등장하는 네 명의 주인공들은 각자 커다란 의미를 지니고 우리에게 다가온다. 독자의 마음을 사로잡는 스펜서 존슨의 인물묘사와 언어구사는 변화의 홍수 속에서 살아가는 우리에게 매우 건강하고 아름다운 교훈을 전한다."

　－ 로체스터 공과대학교 총장 앨버트 J. 사이먼

＊

"나는 이 책을 친구들과 직장동료들에게 꼭 한번 읽어 보라고 권한다. 이 이야기는 독자들에게 다른 책에서는 쉽게 찾아볼 수 없는 통찰력과 변화의 커다란 줄기를 알기 쉽게 설명해 주기 때문이다."

　－ 메릴 린치 국제사업본부 부회장 랜디 해리스

＊

"이 책을 읽고 나서 나는 지금까지 내가 믿고 있던 치즈가 이미 사라져버렸다는 것을 깨닫게 되었다. 이 교훈은 변화의 필요성을 인식하고 이에 성공적으로 대처하고 싶은 사람들에게 커다란 자산이 될 것이다."

　－ 제록스(XEROX DOCUMENT COMPANY) 수석부사장 존 A. 로피노

"나는 이 책의 마지막 장을 덮기가 무섭게, 기술담당 이사들을 위해 몇 권을 더 주문했다. 왜냐하면 그들은 인력배치에서부터 시장개척까지 끊임없는 변화 속에서 살아가야 하는 사람들이기 때문이다. 나는 그들이 이 책을 그들의 동료에게도 소개해 주기를 희망한다."

– 월풀 (WHIRLPOOL CORPORATION) 인력 개발담당 이사 존 뱅크

"「누가 내 치즈를 옮겼을까?」는 내 인생을 변화시켰다. 나는 이 책을 읽고 나서 직장생활의 위기에서 벗어날 수 있었고, 새로운 분야에서 꿈에 그리던 성공을 맛 볼 수 있었다."

– NBC TELEVISION 찰스 존스 (명예의 전당 방송인)

"나는 이사회가 갑자기 회사를 매각하기로 결정했다는 소식을 듣고, 고용에 대한 불안과 자기연민에 빠져있었다. 그때 마침 이 책을 읽게 되었고, 나는 수만 볼트의 전기 충격과도 같은 감동을 받았다. 이사회의 부당한 결정에 대한 분노에서 벗어나 자신감을 되찾았고, 새 치즈도 발견할 수 있었다."

– 에디슨 플라스틱 (EDISON PLASTICS) 사장 마이클 칼슨

"「누가 내 치즈를 옮겼을까?」를 몇 권이나 샀는지 모른다. 왜냐하면 이 훌륭한 책은 직장에서 변화를 겪는 직원들의 사기를 진작시키는데 매우 커다란 촉매제가 되었기 때문이다. 조만간 이 책을 읽은 직장동료와 친구들, 그리고 몇몇 고객과 함께 변화에 대해 진지하게 토론할 예정이다."

  – 오셔니어링 인터내셔널 (OCEANEERING INTERNATIONAL INC.)

    수석부사장 브루스 크레이거

●

"나는 동료들과 함께 「누가 내 치즈를 옮겼을까?」를 읽고 우리가 맞이하고 있는 변화를 잠시 머물다 사라져 가는 치즈로 간주하게 되었다. 이러한 새로운 시각은 우리 자신을 변화시켰고, 흥미진진한 모험의 세계로 우리를 인도했다."

  – 텍스트론 (TEXTRON) 팀장 토퍼 롱

●

"우리 회사는 이 책을 사원교육용 교재로 채택하기로 결정했다. 이 책은 우리가 가벼운 마음으로 위기와 변화에 관해 토론하기에 적합한 소재를 제공해 준다. 또한 분명한 메시지와 일상생활 곳곳에서 발견할 수 있는 등장인물의 성격은 읽는 이에게 색다른 교훈을 전해 준다."

  – 벨 사우스 (BELL SOUTH) 샐리 그럼블즈

당신의 인생에서 일어나게 될 변화에 대응하는 확실한 방법!

누가

Who
Moved
My
Cheese?

내치즈를
옮겼을까?

스펜서 존슨 지음 | 이영진 옮김

ViM (주)진명출판사

생쥐와 인간이 아무리 정교하게 계략을 꾸민다 해도,
그 계략은 자주 빗나가기 일쑤다.

로버트 번즈(1759 ~ 1796)

인생은 자유로이 여행할 수 있도록 시원하게 뚫린 대로가 아니다.
때로는 길을 잃고 헤매기도 하고, 때로는 막다른 길에서
좌절하기도 하는 미로와도 같다.

그러나 믿음을 가지고 끊임없이 개척한다면
신은 우리에게 길을 열어 줄 것이다.
그 길을 걷노라면 원하지 않던 일을 당하기도 하지만,
결국 그것이 최선이었다는 사실을 알게 된다.

A. J. 크로닌

이 책을 세상에 내놓을 수 있도록
많은 관심과 도움을 아끼지 않은
케네스 블랜차드 박사에게 이 글을 바친다.

차 례

모임

1장

시카고에서

어느 화창한 일요일 오후, 우리는 지난 밤 고등학교 동창회 모임에 참석했던 몇몇 친구들과 함께 시카고의 한 레스토랑에서 다시 만났다. 세월은 우리 모두를 변하게 했고, 사는 모습들도 제각기 달랐다. 우리는 맛있는 점심식사를 하며, 졸업 후 각자의 변화된 생활에 대해 담소를 나누기 시작했다.

고교시절 만인의 사랑을 받았던 안젤라가 말문을 열었다.

"인생이란 참 묘한 것 같아. 학창시절에 내가 꿈꾸었던 세상은 이게 아니었는데……. 우리 모습을 돌아봐, 많은 것이 변했어."

"정말 그래."

네이단이 침울한 표정으로 대꾸했다.

우리는 그의 말에 모두 놀란 표정을 지었다. 우리가 기억하는 한 그는 동창생 중에서 가장 안정적인 사업에 몸담고 있는 친구였다. 네이단은 대대로 가족들이 운영하는 사업에 참여하고 있었고, 그가 하는 사업은 그 지역 주민들에게 매우 인지도가 높은 사업체이기도 했다. 놀란 입을 다물지 못하고 있는 우리에게 네이단이 물었다.

"변화가 일어날 때 우리가 얼마나 그것을 거부하는지 생각해 본 적 있어?"

침묵을 깨고 카를로스가 대답했다.

"변화를 두려워하기 때문에 그 자체를 거부하는 게 아닐까?"

"축구팀 주장이었던 네가 두려움에 관한 말을 하다니, 도저히 믿을 수가 없는 걸."

제시카가 말했다.

졸업 후 우리들 각자는 가정을 꾸리고, 직장에 취직을 하고, 제각기 다른 분야에서 나름대로 자신만의 일을 했지만, 모두 비슷한 기분을 느꼈다는 것을 알고는 함께 씁쓸한 웃음을 지었다.

세상은 하루가 다르게 변했고, 우리 모두는 수 년 동안 미처 예상하지 못한 변화에 대처하기 위해 여러 가지 노력을 했다. 그러나 애석하게도 대부분 그에 대한 적절한 대응방법은 찾을 수 없었다고 고백했다. 잠자코 있던 마이클이 우리를 향해 말했다.

"나 역시 변화가 두려웠어. 우리 회사에 큰 변화가 몰아닥쳤을 때 어찌해야 할지 도무지 알 수 없더군. 나는 전에 하던 방식대로 일을 처리했지. 그러다 회사를 거의 잃을 뻔한 지경에 이르기도 했어."

마이클은 잠시 숨을 고르고 난 뒤 말을 이었다.

"아마 내가 이 짧고 재미있는 우화를 듣지 않았다면, 우리 회사는 문을 닫고 말았을 거야."

"아니, 어떻게?"

네이단이 물었다.

"그 우화는 변화를 보는 나의 시각을 완전히 뒤바꿔 놓았어. 전혀 다른 시각으로 모든 일을 바라보고, 탄력적으로 대처할 수 있는 방법을 강구하게 되었지. 그 후에는 모든 것이 금세 좋아졌어. 사업과 인생 모두……. 나는 이 이야기를 직장 동료들에게 들려주었고, 그들은 또 다른 동료들에게 들려주었지. 파급효과는 무척 크게 나타났어. 회사 전체가 변화에 빠르게 적응해 나갔거든. 그들도 나처럼 새로운 시각을 가지게 된 거야. 일상생활에서 느끼던 권태는 사라졌고, 변화의 위험에서도 멀어지게 된 거지."

"대체 그 이야기가 뭐야?"

안젤라의 물음에 모두들 웃었다.

"벌써부터 그 이야기가 좋아지는데."

"우리에게도 들려주지 않겠니?"

"물론 기꺼이 들려주지. 그리 긴 이야기는 아니야."

마이클의 이야기가 시작되었다.

이야기

2장

스니프, 스커리, 헴 그리고 허

아주 먼 옛날 멀고 먼 곳에 두 마리의 생쥐와 두 명의 꼬마 인간이 살고 있었다. 그들은 미로 속에서 맛있는 치즈를 찾기 위해 열심히 뛰어다녔다. 그들은 나름대로 행복했고, 풍요로운 생활에 젖어있었다.

두 생쥐의 이름은 스니프(킁킁거리며 냄새를 맡는다는 의미의 의성어)와 스커리(종종거리며 급히 달린다는 의미의 의태어)였고, 두 꼬마인간은 헴(헛기침한다는 의미의 의성어)과 허(점잔을 뺀다는 의미의 단어)였다. 생쥐처럼 작지만 겉모습과 행동은 현재의 우리들과 다름이 없었다. 하지만 그들은 너무 작아서, 그들이 무엇을 하고 있는지 알아내기란 쉽지가 않았다. 그러나 자세히 보면 그들이 벌이는 놀라운 일을 목격할 수 있었다.

생쥐와 꼬마인간은 매일 미로 속에서 그들이 가장 좋아하는 치즈를 찾아다녔다.

스니프와 스커리의 두뇌는 매우 단순했지만 그들의 직관력은 매우 훌륭했다. 그들은 다른 생쥐들처럼 조금씩 갉아먹기에 좋은 딱딱한 치즈를 좋아했다. 헴과 허는 대문자 'C'라는 이름의 치즈를 찾아다녔다. 그것은 인간만이 가질 수 있는 이성과 경험이 녹아있는 삶의 동기였다. 두 꼬마인간은 이 치즈가 그들에게 행복과 성공을 가져다 줄 것이라고 믿었다.

생쥐와 꼬마인간은 모든 면에서 서로 달랐지만 공통점도 있었다. 매일 아침, 맛있는 치즈를 찾기 위해 미로 속을 뛰어나간다는 사실만큼은 전혀 다르지 않았다.

미로는 많은 복도와 맛 좋은 치즈가 있는 방으로 복잡하게 얽혀있었다. 그러나, 어두운 모퉁이와 막다른 길도 있었다. 누구든지 길을 잃고 헤매기 쉬운 곳이었다. 그러나 길을 발견하기만 하면 더없이 훌륭한 삶을 즐길 수 있는 비밀이 숨겨진 곳이기도 했다.

스니프와 스커리는 치즈를 찾기 위해 간단하기는 하지만 비능률적인 시도와 실패를 거듭하는 방법을 사용했다. 그들은 길을 따라 가다가 치즈가 없으면 방향을 바꾸어 다른 길로 갔다. 스니프가 잘 발달된 후각을 사용하여 치즈가 있는 곳의 방향을 알아내면 스커리는 그곳을 향하여 앞장서서 달려갔다. 때때로 그들은 길을 잃기도 하고, 방향을 잘못 잡기도 하고, 심지어 벽에 부딪히기도 했다.

두 꼬마인간 헴과 허는 다른 방법을 사용했다. 그들은 생각하고 과거의 경험을 살리는 능력에 의존했다. 그러나 그들 역시 자신의 소신과 감정으로 인해 혼란에 빠질 때도 있었다. 결국 방법은 달랐지만, 어느날 그들 모두는 각자 좋아하는 치즈를 치즈창고 C에서 찾게 되었다.

그후 매일 아침 생쥐와 꼬마인간은 달리기에 적합한 옷을 입고 치즈창고 C로 향했다. 오래 지나지 않아 이 일은 그들의 일상이 되었다. 스니프와 스커리는 여전히 아침 일찍 일어나 항상 같은 길로 미로를 통과했다.

목적지에 도착하면 생쥐들은 운동화를 벗어 끈으로 묶은 뒤 목에 걸었다. 필요할 때 재빨리 신을 수 있도록 하기 위해서였다. 헴과 허도 처음에는 매일 아침 맛있는 치즈가 기다리는 C 창고로 뛰어갔다.

그러나 며칠이 지난 뒤 그들의 생활에 변화가 나타나기 시작했다.

헴과 허는 아침에 조금 늦게 일어나 천천히 옷을 입고 C창고로 걸어갔다. 이제는 치즈가 있는 곳과 그곳에 가는 길을 잘 알고 있기 때문이었다. 그들은 매일 아침 C창고에 도착해서 느긋한 마음으로 자리를 잡았다. 운동복은 벽에 걸고 운동화는 아예 슬러퍼로 바꿔 신었다. 치즈를 발견한 뒤 그들은 편안한 생활에 젖어들기 시작했다.

"정말 좋아."

헴이 말했다.

"우리가 평생 먹고도 남을 만큼 치즈가 많잖아."

꼬마인간들은 마음 놓고 행복과 성공을 즐겼다. 헴과 허는 C창고에 있는 모든 치즈가 자기 것이라고 생각했다. 창고와 집이 너무 멀어서, 그들은 창고 근처로 집까지 옮겼다. 사회생활도 모두 창고 근처에서 해결했다. 보다 안락한 환경을 만들기 위해 글과 치즈그림으로 장식도 했다.

생활은 너무나 안정적이었고, 맛있는 치즈 또한 넘쳐나고 있었다.

치즈를 가진 자는 행복하다.

가끔 헴과 허는 친구들을 치즈창고로 데리고 가서 자랑스레 치즈를 가리키며 말했다.

"정말 좋은 치즈야, 그렇지 않나?"

때로는 맛좋은 '치즈'를 친구들에게 조금씩 나누어주는 아량을 베풀기도 했다.

"우리는 이 치즈를 먹을 만한 자격이 있어. 이 치즈를 찾기 위해 오랫동안 열심히 일했거든."

헴은 신선한 치즈 한 덩어리를 떼어 맛있게 먹으며 말했다. 그리고 늘 하던 것처럼 잠이 들었다. 매일 밤 두 사람은 치즈로 배를 가득 채우고 뒤뚱거리며 집에 돌아와 쉬다 다음날 아침이 되면 치즈를 더 먹기 위해 창고로 향했다.

꽤 오랜 시간이 흐른 뒤 이들의 자신감은 어느새 오만함으로 변하기 시작했다. 자신들의 기분에 취해 무슨 일이 벌어지고 있는지 전혀 눈치를 채지 못했다.

반면, 스니프와 스커리는 시간이 흘러도 매일 하던 일을 게으리 하지 않았다. 아침 일찍 도착해서 혹시 어제와 다른 변화가 생겼는지 킁킁거리며 냄새를 맡아보고, 긁어보기도 하면서 창고 주위를 종종걸음으로 뛰어다녔다. 그리고 난 뒤에야 치즈를 조금씩 갉아먹었다.

어느 날 아침, 그들이 C창고에 도착했을 때 창고엔 치즈가 하나도 없었다. 그러나 그들은 놀라지 않았다. 왜냐하면 그들은 치즈의 재고량이 매일 조금씩 줄어들고 있다는 것을 이미 알고 있었기 때문이다. 그들은 본능적으로 언젠가 결국 이런 일이 일어날 것을 미리 감지하고 있었던 것이다.

누가 먼저랄 것도 없이 두 마리의 생쥐는 운동화끈을 질끈 동여맸다. 다시 새로운 창고를 찾아나서기로 결정한 것이다.

사라져버린 치즈

생쥐들은 사태를 지나치게 분석하지 않았다. 그들은 너무 많고 복잡한 생각에 눌려 행동을 미루는 법이 없었다. 이처럼 생쥐에게는 문제와 해결책이 모두 간단했다. C창고의 상황이 바뀌었기 때문에 그들 자신도 변하기로 결정한 것이다.

그들은 미로를 향해 눈을 돌렸다. 그리고 스니프가 코를 높이 들어 킁킁 냄새를 맡은 후 스커리에게 고개를 끄덕이자 스커리는 미로를 향해 달려나갔다. 스니프는 전력을 다해 스커리를 따라갔다.

그들은 신속하게 새 치즈를 찾아나섰다.

그날 밤, 느지막한 시간에 헴과 허는 뒤뚱거리며 C창고에 도착했다. 그런데 당연히 있어야 할 치즈가 보이지 않았다. 매일 조금씩 일어나고 있는 변화를 주의깊게 관찰하지 않았던 그들은 눈앞에 벌어진 현실을 도저히 믿을 수가 없었다.

"이게 웬일이야. 치즈가 사라졌어."

헴이 고함쳤다.

"치즈가 없다구, 치즈가!"

계속해서 소리를 질러댔지만 허망한 메아리만 되돌아올 뿐 치즈는 돌아오지 않았다.

"누가 내 치즈를 옮겼을까?"

마침내 그는 두 손을 허리에 얹고 시뻘게진 얼굴로 화를 내기 시작했다.

"어떻게 내게 이런 일이 일어날 수가 있지!"

선택

그들은 새로운 사태를 받아들일 준비가 되어 있지 않았다.

허는 치즈가 사라졌다는 사실이 도무지 믿어지지 않아 머리만 흔들 따름이었다. 그 역시 C창고에 치즈가 있으리라고 굳게 믿었다. 그는 충격으로 얼어붙어서 오랫동안 그 자리에 붙박혀있었다. 그는 그의 삶에 더 이상 아무런 변화가 일어나지 않으리라고 자신했던 것이다.

헴이 계속 고함을 지르고 있었지만 허는 듣고 싶지 않았다.

이들 꼬마인간이 보인 행동은 볼썽사납고 비생산적인 반응이었지만, 한편으로는 이해할 만한 성질의 것이다. 왜냐하면 새로운 치즈를 찾아야 한다는 것 자체가 커다란 스트레스였고, 또 이들에게 있어 '치즈'란 단순히 배를 불리는 양식 이상의 의미를 지니고 있었기 때문이다.

우리 눈에 보이는 치즈는 음식의 일종이지만, 꼬마인간들에게는 행복을 가져다주는 상징물이었던 것이다. 치즈를 가지고 있다는 사실만으로도 그들은 충만한 행복을 느낄 수 있었고, 영적인 풍요를 누릴 수 있었다.

허가 '치즈'에 걸고 있던 희망은 현재 자신의 삶, 즉 생활의 보장인 동시에 미래의 안정이었다. 언젠가 사랑하는 사람을 만나 행복한 가정을 꾸리고, 백향목길 옆에 아담한 통나무집을 짓고 오순도순 살고 싶은 꿈이었다. 헴의 경우엔 다른 사람들을 거느리는 중요한 인물이 되어 *카망베르 언덕에 큰 집을 짓는 것이었다.

그런데 지금 자신들의 행복이 한밤의 꿈처럼 사라져버리고 만 것이다.

---

* 카망베르(Camembert) : 표면에 흰 곰팡이가 두텁게 형성되어 있는 맛이 진하고 부드러운 치즈로 프랑스 치즈 중에서 최고 명품으로 손꼽힌다. — 역주

두 꼬마인간은 어떻게 해야 할지 오랫동안 고민해 봤지만, 어떤 결론에도 이르지 못했다. 할 수 있는 일이라곤 치즈가 사라진 텅빈 창고를 여기저기 헤매며, 현실을 확인하는 것밖에는 아무 것도 없었다.

　두 마리의 생쥐 스니프와 스커리는 다가온 변화를 수용하고 주저없이 행동으로 옮겼지만, 헴과 허는 계속해서 헛기침만 해대며 어찌할 바를 몰라 머뭇거렸다. 그들은 부당한 사태에 대해 고래고래 소리를 지르며 불평만 해댔다. 허는 우울해지기 시작했다.

　'만일 내일도 치즈가 없으면 어떻게 해야 하나?'

　허는 치즈를 통해 미래의 계획을 세웠었다. 안락한 생활, 행복한 가정, 사랑스런 아내와 아이들……. 그 모든 꿈들이 물거품처럼 사라져버린 것이다.

　'어떻게 이런 일이 있을 수 있지. 어느 누구도 미리 귀띔해주지 않았어. 이런 방식으로 변화가 일어날 수는 없어.'

　이제 두 사람은 허기진 배를 움켜쥐고 집으로 돌아가야 했다. 허는 지친 가슴을 쓸어내리며 벽에 한 문장을 적어두었다.

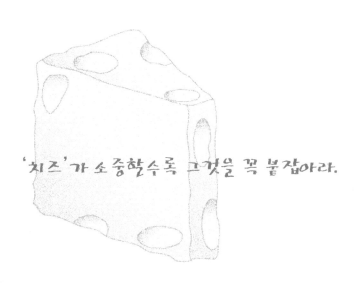

'치즈'가 소중할수록 그것을 꼭 붙잡아라.

다음날 두 꼬마인간은 어떻게 해서든 다시 치즈를 찾을 수 있으리라는 기대를 가지고 C창고로 향했다. 그러나 상황은 변한 것이 없었다. 여전히 치즈는 그곳에 없었다. 그들은 망연자실한 채 굳어버린 동상처럼 움직임 없이 그곳에 서있었다. 허는 있는 힘을 다해 두 눈을 꼭 감고 손으로 귀를 막았다. 모든 것을 닫아버리고 싶었다.

그는 치즈의 재고량이 점차 줄어들고 있었다는 사실을 받아들일 수 없었다. 어느 날 갑자기 송두리째 없어졌다고 믿었다.

헴은 상황을 분석했다. 그리고 거대한 사고체계로 복잡하게 얽혀있는 그의 두뇌를 이용해 사태를 파악하기 시작했다.

'왜 내게 이런 일이 일어났을까? 대체 여기서 무슨 일이 벌어졌던 걸까?'

마침내 허는 눈을 뜨고 주위를 둘러보고 나서 말했다.

"스니프와 스커리는 어디에 있지? 혹, 우리가 미처 몰랐던 사실을 미리 알고 있었던 건 아닐까?"

헴이 비웃었다.

"그것들이 뭘 알겠어? 그것들은 무슨 일이 일어나면 단순히 반응하는 생쥐일 뿐이야. 우리는 꼬마인간이야. 그들과는 달라. 우린 이 문제를 해결할 수 있어. 그리고 더 나은 대접을 받을 자격도 있고. 이런 일이 우리에게 일어나서는 안 돼. 만일 일어난다 해도 우리는 어느 정도의 보상을 받아야 해."

"왜 우리가 보상을 받아야 하지?"

허가 물었다.

"우리는 권리를 가지고 있기 때문이지."

"무슨 권리?"

"우리는 치즈에 대한 권리를 가지고 있어."

"왜?"

"우리 때문에 치즈가 사라진 게 아니야. 누군가 다른 사람이 치즈를 모조리 훔쳐간 거라구. 그러니 우리는 그에 따른 응분의 보상을 받아야 해."

"아니, 우리도 이제 새 치즈를 찾아나서야 해. 우리에겐 보상을 받을 자격도 권리도 없어. 치즈는 사라져버렸어. 더 이상 불필요한 일에 시간을 낭비하지 말자구."

허가 말했다.

"절대로 안 돼."

헴은 끝내 자신의 의견을 굽히지 않고 반대했다.

"나는 이 문제를 근본까지 파헤칠 거야."

헴과 허가 아무런 결정을 내리지 못하고 갈팡질팡하고 있는 사이, 스니프와 스커리는 이미 제 갈 길을 가고 있었다. 그들은 미로 깊숙이 들어가서 좁은 길을 오르락내리락하며 치즈가 있을 만한 창고를 찾아다녔다. 오직 새 치즈를 찾아야 한다는 일념이 그들을 인도했다.

수많은 시행착오 끝에 그들은 마침내 N 치즈창고에 도착했다. 문을 열자 어마어마하게 쌓인 치즈덩어리들이 그들의 눈앞에 드러났다. 그들은 너무 좋아 비명을 질렀다. 그토록 찾아 헤매던 것이 현실로 나타난 것이다. 그들은 마치 꿈결인 듯 창고 안으로 이끌려 들어갔다. 난생 처음 보는 온갖 종류의 치즈가 그들을 반겼다.

스니프와 스커리가 감격에 젖어있는 동안, 아직도 헴과 허는 C창고에서 사태를 분석하고 있었다. 그들은 이제 현실적인 고통을 느끼기 시작했다. 배고픔의 강도는 더해갔고, 마음에 좌절과 분노가 생겨 사태의 책임을 서로에게 돌리기 시작했다.

　허는 이따금 스니프와 스커리가 새 치즈를 찾았는지 궁금했다. 그들이 어디에 있을지 모르는 치즈를 찾아 힘들게 뛰어다니고 있을 것이라는 생각이 들었다. 그러나 오래 지나지 않아 결국 찾아내리라는 것도 알고 있었다. 때때로 허는 스니프와 스커리가 새 치즈를 찾아내어 맛있게 먹는 모습을 상상했다.

　갑자기 미로 속으로 뛰어들고 싶다는 충동이 느껴졌다. 신선한 치즈를 발견해 맛있게 먹는 자신의 모습을 생각할수록 C창고에 대한 미련은 줄어들기 시작했다.

"가자."

허가 소리쳤다.

"싫어."

헴이 단호하게 거절했다.

"나는 이곳이 좋아, 편해. 다른 곳은 몰라. 다른 곳은 위험해."

"그렇지 않아. 처음 이곳을 발견했을 때를 생각해 봐. 바로 미로를 통해서였다구. 우린 다시 시작할 수 있어."

"난 이제 너무 늙었어. 길을 잃고 헤매는 멍청이가 되고 싶지 않아. 너는 어때?"

그 말을 듣자 허의 마음에 실패에 대한 두려움이 고개를 들었다. 조금 전까지 그를 사로잡고 있던 새 치즈에 대한 희망은 어느새 자취를 감추어버리고 말았다.

매일 그들은 같은 일을 되풀이했다. 창고에 가서 한 조각의 치즈도 발견하지 못한 채 걱정과 좌절에 빠져 집으로 돌아왔다. 그들은 현실을 부정하려고 노력했지만, 날이 갈수록 의기소침해지고 신경도 날카로워져서 쉽게 잠을 잘 수가 없었다. 잠이 들어도 악몽에 시달리느라 깊은 잠에 빠지지 못했다.

그들의 집은 더 이상 평화와 안전을 보장하는 휴식처가 아니었다.

헴과 허는 여전히 C창고를 서성거리며 매일 치즈를 기다렸다. 헴이 새로운 제안을 했다.

"곰곰이 생각해 봤는데, 창고 안에는 없는 것 같아. 치즈는 아마 이 근처에 있을 거야. 벽 뒤에 숨겨져 있을지도 몰라."

다음날 헴과 허는 연장을 가져왔다. 헴이 끌을 벽에 대고 허가 망치로 내리쳐서 창고 벽에 구멍을 만들었다. 힘들고 지쳤지만, 그들은 문제를 해결할 수 있으리라 믿었다.

그들은 아침 일찍 일어나 더욱 더 열심히 일했다. 그러나 남은 것은 벽에 뚫린 큰 구멍밖에 없었다.

허는 자신이 하고 있는 일이 무의미하다는 것을 깨달았다.

"아무래도 안 되겠어. 우린 좀더 기다려야 할 것 같아. 조만간 누군가가 다시 치즈를 제자리로 가져다 놓을 거야."

헴이 허를 달랬다.

허는 그말을 믿고 싶었다. 그러나 치즈는 다시 나타나지 않았다.

다시 미로 속으로

날이 갈수록 꼬마인간들은 굶주림과 스트레스로 인해 약해졌다. 허는 사태가 호전되리라는 기대로 시간을 허비하는 일에 싫증이 났다. 그는 이내 사라진 치즈에 대해 집착하면 할수록 상황은 악화되기만 할 뿐 자신들에게 아무런 도움이 되지 않는다는 사실을 깨달았다. 또한 더 늦기 전에 새로운 치즈를 찾아야 한다는 생각을 굳히게 되었다. 불투명한 현실에 안주하고 있던 자신의 모습이 너무도 한심했다.

"내 말을 들어봐. 우린 현실을 받아들여야 해. 치즈는 이곳에 없어. 매일 같은 일만 반복하고 있지. 텅 빈 창고에서 기약

없는 미래를 기다리며 우리 자신을 속이고 있어."

허 역시 미로 속을 다시 달리고 싶지 않았다. 치즈가 어디에 있을지 정확히 예측할 수도 없고, 그 속에서 길을 잃을 위험도 따르기 때문이다. 그러나 두려움 때문에 아무 일도 하지 않는 것은 더 위험하다는 생각이 들었다.

"운동복과 신발을 어디에 두었지?"

C창고에서 만끽한 안락에 취해, 이런 날이 올 줄 몰랐던 그들은 운동화마저 어디에 두었는지조차 잊어버렸다. 한참을 뒤져서야 그것들을 찾아낼 수 있었다. 다시는 필요가 없을 것처럼 느껴졌던 운동복과 신발을 보자 허는 갑자기 목이 메었다. 운동복으로 갈아입는 허를 물끄러미 바라보던 헴은 초조한 기색을 보이며 물었다.

"설마 다시 미로로 가려는 건 아니겠지? 사람들이 치즈를 가져다 놓을 때까지 나와 함께 기다리는 것이 어때?"

"너는 아직도 상황을 파악하지 못하고 있어."

허가 말했다.

"아무도 우리가 먹던 치즈를 다시 가져다 놓지 않을 거야. 아무리 기다려도 소용없어. 이제는 새 치즈를 찾아야 해."

헴이 대들었다.

"그렇지만 다른 곳에도 치즈가 없으면 어떻게 하지? 만일 다른 곳에 있다 해도 우리가 찾을 수 없으면 어떻게 할 거야?"

"나도 몰라."

허는 그때까지 수없이 자신을 괴롭히던 질문을 무시하기로 했다. 두려움 때문에 아무 것도 할 수 없었던 과거의 잘못을 반복하고 싶지 않았던 것이다. 대신 새 치즈를 찾았을 때의 여러 가지 행복을 떠올리기로 했다. 포만감이 주는 안식과 정신적인 풍요로움이 그의 뇌리를 가득 채웠다.

"우리 주위의 환경은 시시각각 변하고 있는데, 우리는 항상 그대로 있길 원하지. 이번에도 그랬던 것 같아. 그게 삶이 아닐까? 봐, 인생은 변하고 계속 앞으로 나아가고 있잖아. 우리도 그렇게 해야 돼."

허는 그의 쇠약해진 친구를 바라보며 설득하려고 노력했지만 헴은 두려움이 분노로 바뀌어 허가 하는 말을 들으려 하지 않았다. 허는 그의 친구에게 무례하게 행동하고 싶지는 않았지만, 헴이 완강한 태도를 버리지 않았기에 냉정히 그의 애원을 거절했다. 헴과 자신의 어리석었던 행동이 부끄러웠다. 왠지 모를 후련함이 그의 발걸음을 재촉했다.

떠날 채비를 마치자 허는 더욱 힘이 솟았다. 이제야 비로소 자신의 어리석음을 웃어넘길 수 있게 되었기 때문이다.

"자, 이제 미로로 떠날 시간이야."

헴은 허를 비난하며 대꾸조차 하지 않으려 들었다. 허는 작고 날카로운 돌 조각을 들어 헴을 위해 늘 하던 대로 치즈그림과 함께 자신의 생각을 벽에 썼다. 헴이 마음을 바꿔 새 치즈를 찾아나서기를 원했기 때문이다. 그러나 헴은 그것을 보려고도 하지 않았다.

허는 머리를 밖으로 내밀고 걱정스러운 눈초리로 미로를 응시했다. 그는 어쩌다 자신이 이런 상황에 빠지게 되었는지 곰곰이 생각했다.

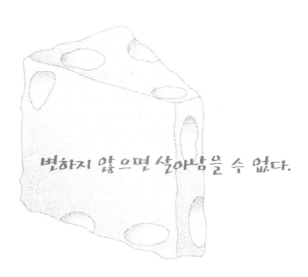

변하지 않으면 살아남을 수 없다.

이전까지는 미로 속에 더 이상 치즈가 없거나, 있어도 찾을 수 없을 것이라 믿었다. 두려움이 그 자신을 어찌 할 바를 모르게 만들고 무기력한 공포를 느끼게 했다. 허는 미소를 지었다.

헴은 아직도 '누가 내 치즈를 옮겼을까?' 하는 어리석은 질문에 빠져있지만, 허는 이제 새로운 치즈를 찾아 떠나고자 한다. '왜 좀더 일찍 자리를 박차고 나서지 못했는가?' 하는 후회를 마음속에 품고서.

허는 미로를 향해 출발하며 뒤를 돌아보았다. 그곳에 있을 때 느꼈던 평온함이 떠올랐다. 한동안 굶주림에 떨던 시간도 있었지만, 그 친근한 곳이 여전히 자신의 발목을 죄고 있는 듯한 느낌이 들었다. 허는 마지막으로 자신이 정말 미로 속으로 가고 싶은지 한 번 더 고민해 보았다. 그가 예전에 써놓았던 글귀가 시야에 들어왔다.

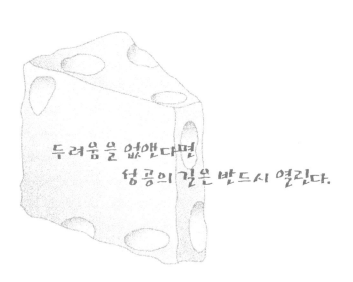

두려움을 없앤다면
성공의 길은 반드시 열린다.

두려움의 극복

그는 생각해 보았다.

두려움이 때때로 도움이 된다는 것을 그 자신도 익히 알고 있었다. 자신이 감당할 수 있는 두려움은, 현실에 안주하려는 안일한 생각을 생산적인 방향으로 흐르게 하는 촉매 역할을 한다는 사실을 잠시 잊고 있었던 것이다.

허는 오른쪽을 돌아보았다. 그곳은 한 번도 가본 적이 없는 곳이었다. 다시 두려운 마음이 생겼다. 그는 깊은숨을 크게 들이쉬었다. 그리고 미로를 향해, 미지의 세계를 향해 천천히 달려나갔다. 그는 길을 찾으며 C창고에서 너무 오랫동안 기다렸다는 생각을 했다. 한편 너무 오랫동안 치즈를 못 먹어서 몸이 약해진 것을 느꼈다. 미로 속을 달리는 데 예전보다 더 힘이 들고 시간도 많이 걸렸다.

그는 만약 다음에도 기회가 주어진다면, 주저없이 변화에 따르리라고 다짐했다. 그렇게 하면 일이 더 쉽게 풀릴 것이라고 생각했다.

"조금 늦기는 했지만 치즈도 없는 창고에서 지내는 것보다는 낫지."

출발 후 며칠 동안 허는 여기저기에서 약간의 치즈를 발견했지만 치즈는 곧 떨어졌다. 허는 헴이 용기를 내어 미로로 나올 만큼 충분한 양의 치즈를 발견할 수 없었다. 허 자신도 아직 확신이 없었다. 미로에 대한 불안감이 여전히 마음속에 남아있는 까닭이었다.

지난번 미로 속을 다녔을 때와는 사뭇 다른 많은 변화가 보였다. 조금 앞으로 나아갔나 싶어 둘러보면 막다른 곳이었다.

여기저기 가로놓인 장애물들이 그의 앞을 막아서기도 했다. 앙금처럼 남은 두려움이 때때로 당혹감을 느끼게 했지만, 치즈를 찾아서 미로 속을 다니는 것이 전에 걱정했던 것만큼 나쁘지 않다고 생각했다.

시간이 흐를수록 새 치즈를 발견할 수 있으리라는 기대가 과연 실제적인가 하는 의구심이 일었다. 배가 고플 때면 먹을 것을 준비해 올 걸 하는 후회가 들었지만, 이내 헛웃음을 지었다. 그가 C창고에서 나왔을 때, 이미 그곳엔 먹을 것이 하나도 남아있지 않았다는 사실이 떠올랐기 때문이다.

허는 포기하고 싶은 생각이 들 때마다 새 치즈에 대한 기대를 통해 자신을 독려했다. 참고 견딘다고 해서 얻어지는 것은 아무 것도 없다는 사실을 뼈저리게 깨달은 지금, 필요한 것은 행동뿐이었다.

그는 스니프와 스커리가 할 수 있으면 자기도 할 수 있다고 생각했다.

모든 안락에는 대가가 따르기 마련인 것이다.

돌이켜 생각해 보면, 치즈는 하룻밤 사이에 사라져버린 것이 아니었다. 치즈의 양은 조금씩 줄어들고 있었고 남아있는 치즈는 오래되어 맛이 변해가고 있었다. 그가 미처 깨닫지 못하는 사이에 치즈는 오래되어 곰팡이까지 피어 냄새가 났다. 마음만 먹었다면 다가올 미래의 변화를 감지할 수 있었는데도, 허는 관심을 두지 않았다.

'예기치 않은 순간에 예견된 결과는 나타나기 마련이야. 스니프와 스커리는 변화를 알아차리고 미리 준비를 하고 있었던 거야.'

그가 C창고라는 벽에 갇혀 모르고 있었던 사실들이 하나하나 떠올랐다. 그는 잠시 휴식을 취한 뒤 벽에 글을 썼다.

치즈냄새를 자주 맡아보면
치즈가 상해가고 있는 것을 알 수 있다.

오랜 시간을 헤맨 끝에 마침내 허는 큰 창고에 도착하게 되었다. 규모로 보아 맛있고 싱싱한 치즈가 가득할 것 같았다.

그러나 막상 안에 들어가 보니, 실망스럽게도 창고는 텅 비어 있었다.

이런 일이 자주 반복될수록 그에 비례해 허의 의욕도 떨어져갔다. 포기하고 싶은 생각이 그를 유혹했다. 살아남지 못할 것 같은 두려움도 엄습했다. 이럴 바에야 차라리 헴이 있는 곳으로 돌아가 그와 함께 있는 것이 나을 것 같았다.

그때 문득 자신이 써놓았던 글귀가 떠올랐다.

"두렵지 않다면, 무슨 일을 할 수 있을까?"

실제로 두려움은 커다란 무게로 그를 위협해 왔다. 매우 빈번하게…….

어떤 때에는 자신이 무엇을 두려워하는지조차 몰랐지만, 홀로 있다는 사실이 그를 더욱 위축시킨다는 것을 이내 알 수 있었다.

허약해진 몸과 마음 그리고 알 수 없는 미래의 불안이 뒤섞여 혼란스러웠다. 알 수 없는 공포를 자아내는 두려움의 실체는 그의 마음속에 숨겨진 딜레마였다.

허는 아직 두려움을 극복하는 것이 '변화'를 향한 지름길이라는 사실을 깨닫지 못한 것이다.

문득 옛친구가 생각났다.

허는 헴이 움직이기 시작했는지 혹은 아직도 두려움 때문에
마비상태에 빠져있는지 궁금했다.

허는 자신이 가장 행복했을 때를 기억해 보았다. 미로 속을
헤매며 치즈를 찾아 움직이고 있는 모습이 떠올랐다.

그는 벽에 글을 썼다.

그 글은 헴을 위한 것이기도 했지만, 자기 자신을 위한 문구
이기도 했다.

새로운 방향으로 움직이는 것은
새 치즈를 찾는 데 도움이 된다.

모험의 즐거움

어두운 통로를 내다보니 또 다시 두려움이 밀려들었다.

저 앞에 무엇이 있을까? 텅 빈 공간일까? 아니면 위험이 도사리고 있는 건 아닐까? 그에게 일어날 수 있는 모든 종류의 공포가 그의 상상을 자극했다. 이제 더는 앞으로 나갈 수 없을 것만 같았다.

허는 잔뜩 몸을 웅크리고 서있는 자신의 모습이 갑자기 우스꽝스럽게 여겨졌다. 일어나지도 않은 일에 대해 고민하고 있는 자신이 한없이 초라해 보였다. 두려움에 짓눌려 있던 자신감이 살아났다. 그는 새로운 방향으로 움직였다. 어두운 복도로 뛰어내려가며 희미한 미소를 지었다. 허는 자신도 미처 깨닫지 못하는 사이에 그의 영혼을 튼튼하게 만드는 자양분을 발견하고 있었다. 놀랍게도, 허는 점점 기분이 유쾌해졌다.

"내가 왜 이렇게 기분이 좋지? 나는 치즈도 없고 어디로 가고 있는지조차 알지 못하는데."

그는 곧 그 이유를 알 수 있었고, 친구를 위해 기꺼이 글을 남겼다.

두려움을 극복하고 움직이면
마음이 홀가분해진다.

허는 자신이 두려움에 사로잡혀 있었던 것을 깨달았다. 새로운 방향으로 움직이는 것이 그를 두려움에서 풀어주었다.

시원한 미풍이 미로 저쪽에서 불어왔다. 신선한 바람이었다. 심호흡을 하고 나니 한결 기운이 솟는 것 같았다. 두려움을 떨치고 불어오는 바람에 몸을 맡겼다. 가슴 가득 기쁨이 넘쳤다. 허는 참으로 오랜만에 기쁨을 느낄 수 있었다. 기억 저편에 숨어있던 기쁨이 이제야 빛을 발하기 시작한 것이다.

허는 마음속으로 하나의 그림을 그리면서 기분이 더욱 좋아졌다. 산더미처럼 쌓인 치즈, 헤엄을 치듯 치즈 속을 누비는 자신의 모습, 상큼한 치즈향이 코끝에서 느껴졌다.

허는 구체화된 그림을 꼭 실현하고 싶다는 의욕을 되새겼다. 그러자 그 치즈창고를 다음 공간 혹은 다음 통로에서 발견할 수 있을 것만 같은 희망이 솟구쳤다.

새로운 치즈를 마음속으로
그리면 치즈가
더 가까워진다.

'왜 전에는 이렇게 해 보지 않았을까?'

허는 자신에게 물었다. 그는 힘을 내어 경쾌하게 미로 속을 달렸다. 오랜 시간이 지나지 않아 치즈창고를 발견할 수 있었다. 치즈 몇 조각이 입구에 있는 것을 보고 허는 흥분했다. 먹어보니 맛이 있었다. 몇 조각의 치즈는 그에게 힘을 주었다. 여러 가지 치즈를 먹고, 그 중 몇 개는 나중을 위해 또 헴을 위해 주머니 속에 넣어두었다. 그는 기대에 부풀어 치즈창고 안으로 들어섰다. 그러나 실망스럽게도 창고는 비어있었다. 누군가 이미 그곳에 와서 새 치즈 몇 조각만 남겨놓고 떠난 것이다. 조금만 더 일찍 왔더라면 엄청난 양의 새 치즈를 발견할 수 있었을 것이라는 생각이 들었다.

'치즈는 부지런한 자에게 주어지는 선물인 거야.'

허는 후회를 접고 혹시 헴이 이제 자신과 함께 떠날 준비가 되었는지 알아보기 위해 되돌아가기로 결정했다. 그는 지금까지 온 길을 되짚어 가다가 멈춰 서서 벽에 글을 썼다.

사라져버린 치즈에 대한
미련을 빨리 버릴수록
새 치즈를 빨리 찾을 수 있다.

치즈를 찾아서

잠시 후 허는 C창고로 돌아가 헴을 만났다.

그는 헴에게 새 치즈 몇 조각을 주었지만 헴은 거절했다. 헴은 친구의 호의에 감사하다고 말하며 그 이유를 설명했다.

"나는 새 치즈를 좋아하지 않아. 그건 내가 먹던 치즈가 아니야. 전에 먹던 치즈가 먹고 싶어. 내가 좋아하는 치즈가 나타날 때까지 기다릴 거야."

허는 실망해서 고개를 흔들며, 무거운 발걸음으로 다시 길을 떠났다.

이제 그는 C창고에서 아주 멀리 떨어진 곳에 와있다.

그는 친구가 그리웠지만, 서로가 가고자 하는 길은 너무도 달랐다.

   허는 애써 마음을 다잡았다. 왜냐하면 그가 가야 할 길은 아직도 멀기에……

   그는 가능하다면 많은 치즈를 소유하고 싶었지만, 치즈가 행복의 절대조건은 아니라고 생각했다. 그가 느낀 행복의 순간은 두려움에 압도되어 있지 않을 때였다.

   점점 자신이 하고 있는 일에 흥미를 느끼기 시작했다. 새 치즈를 향해 나아가는 과정 자체가 즐거웠기 때문이다.

이런 생각을 하고 있자니, 친구를 만나 우울했던 기분이 사라져버렸다. 허는 두려움을 극복하는 성취감과 새로운 방향으로 전진하면서 느껴지는 흥분에 자신을 맡기기로 했다. 이제 원하는 것을 찾는 일은 오직 시간문제였다. 그의 입가에 잔잔한 미소가 번져나갔다.

자신에게 두려움을 안겨주었던 상황이 상상했던 것만큼 나쁘지 않다는 것이 그를 더욱 자유롭게 했다. 불리한 상황보다 그의 마음속에서 알게 모르게 자라난 두려움이 치즈를 찾아가는 길에 장애물이 되었다는 사실을 자각한 것이다.

빈 창고에서 기다리는 것보다
미로 속에서 찾아다니는 것이 안전하다.

허는 미지의 치즈창고를 찾아 앞으로 나아가는 것만으로도 흥분이 되었다. 이전의 그는 걱정과 근심으로 잔뜩 흐려있었다. 복도에서 발견한 치즈를 보면, 허겁지겁 배를 채우기에 바빴고, 행여 치즈창고를 찾는다 해도 치즈가 충분치 않다거나 조만간 치즈가 다 떨어져버릴 거라는 부정적인 생각만 했었다. 일이 잘 될 수 있다는 것보다는 잘못될 수 있다는 것에 더 많이 신경을 썼다.

그러나 그가 C창고를 떠난 후부터 그런 생각은 바뀌기 시작했다. 변화는 우리의 기대와는 상관없이 예기치 않은 순간에 일어나게 된다는 사실을 인식하게 된 것이다.

'갑자기 커다란 해일이 밀려와 모든 것을 집어삼키는 것처럼 변화는 순식간에 우리를 삼켜버릴 수 있다.'

허는 변화된 자신의 생각을 글로 남겼다.

과거의 사고방식은
우리를 치즈가 있는 곳으로 인도하지 않는다.

허는 아직 치즈창고를 발견하지 못했지만, 미로 속을 달리며 그동안 배운 것을 정리해 보았다.

허는 이제 더 이상 치즈가 없는 빈 창고에 연연하지 않는다. 치즈가 사라진 이유에 대해 복잡하게 생각하지 않고, 새로운 치즈창고를 찾아가는 길을 선택했다. 새로운 사고방식으로 새로운 행동을 취하는 길이 살아남을 수 있는 유일한 방법임을 깨달은 것이다.

사람들은 흔히 변화가 우리에게 낯설다는 이유로 변화 자체를 거부한다. 또 변화가 필요함에도 불구하고, 위험하다는 핑계를 대며 마지막 순간까지도 수용하려 들지 않는다. 그러나 생각이 바뀌면 행동도 바뀌게 되고 이 모든 것은 생각하기에 달려있다. 허는 험난한 여정을 통해 이러한 사실을 하나하나 깨우쳐가고 있는 것이다.

새 치즈를 찾아 맛있게 먹을 수 있다는 것을
깨달은 순간, 행동의 방향을 바꾸라.

그는 자신이 변화를 민첩하게 받아들이고 좀더 일찍 출발하지 못한 것을 후회했다. 그랬더라면 튼튼한 체력과 정신력으로 보다 빨리 새 치즈창고에 도착해 있을 것이기 때문이다.

　　아니 그 이전에 미리 변화를 예상하고 대처했더라면, 지금과 같은 일은 일어나지 않았을 것이다. 그러나 늦었다고 생각했을 때가 가장 이르다는 말처럼 허는 자신의 신념을 위해 달리고 있었다. 변화 앞에서 자유로울 수 있는 사람은 자신의 벽을 쉽게 무너뜨릴 수 있는 사람이다. 구체적인 대안도 없이 계속 불평만 하고, 자신을 구해줄 구세주만을 기다리고 있다면, 상황은 아무 것도 달라지지 않을 것이다. 굶주림과 패배의식에 젖은 생활이 피곤에 찌든 우리의 일상을 갉아먹기만 할 뿐.

　　허는 전에 가본 적이 없는 곳을 도전해 보기로 마음먹었다.

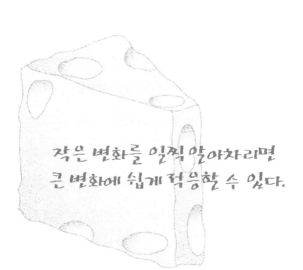

작은 변화를 일찍 알아차리면
큰 변화에 쉽게 적응할 수 있다.

그는 지금까지 온 길을 뒤돌아보면서, 여러 곳에 글을 써 놓기를 잘했다는 생각이 들었다. 만일 헴이 C창고를 떠나기로 작정한다면, 그 글을 따라서 쉽게 찾아올 수 있으리라 믿었다. 한 가지 바램은 자신이 올바른 길로 가고 있다는 신념이었다.

그는 친구가 자신이 쓴 글귀를 읽고 따라올 수 있는 가능성에 대해 생각해 보았다. 헴이 이쯤에 이르렀을 때 무슨 생각을 하게 될까? 허는 벽을 응시했다.

이제 허는 과거에는 미련을 두지 않고 미래에 적응해 가고 있었다. 지금까지 경험하지 못한 힘이 그를 더욱 빠른 속도로 달리게 했다.

마침내 허는 자신의 영혼을 쉴 만한 쉼터를 발견하게 되었다. 미로 속을 영원히 헤매게 될 것이라는 생각이 드는 순간, 갑자기 여행이- 적어도 이번 여행이- 신속하게 그리고 행복하게 끝나버린 것이다.

허는 N창고에서 새 치즈를 발견했다. 창고에 들어서자마자 허는 눈앞의 현실이 꿈처럼 여겨졌다. 그토록 마음속으로 상상하던 그림이 바로 앞에 펼쳐져 있었던 것이다.

바닥에서 천장까지 쌓인 치즈더미들, 빼곡히 들어찬 치즈조각들은 갖가지 향기로 허를 유혹했다. 한 번도 먹어본 적이 없는 이름 모를 치즈에서부터 그가 즐기던 치즈까지 모든 종류가 그득히 쌓여있었다.

그 치즈더미 사이로 반가운 얼굴들이 보였다. 옛 친구 스니프와 스커리였다. 스니프는 고개를 끄덕이며 허를 반가워했고 스커리도 앞발을 흔들어 보였다. 그들의 통통하게 살이 오른 배를 보고 꽤 오래 전에 그들이 이곳을 발견했다는 것을 알 수 있었다.

허는 반갑게 인사를 마치고, 그가 좋아하는 치즈를 조금씩 맛보았다. 상상이 현실로 바뀌었음을 확인하고는 운동복과 신발을 벗어서 찾기 쉬운 곳에 두었다. 그리고 나서 치즈 속으로 첨벙 뛰어들었다. 그는 배가 가득 찰 때까지 마음껏 먹고 신선한 치즈를 높이 들어 건배했다.

"치즈 만세!"

벽에 쓴 글

허는 치즈를 먹으며 그동안 배운 것을 다시 정리해 보았다.

그가 변화를 두려워했을 때에는 없어져버린 치즈에 대한 집착에 빠져 어찌할 바를 몰랐다. 그렇다면 무엇이 그 자신을 변화시켰을까? 굶어죽을지도 모른다는 두려움이었을까? '그것도 약간의 도움이 되었겠지.' 그리고 그는 웃었다. 허는 자신의 어리석음과 잘못을 웃어넘기기 시작했을 때 자신도 변화되기 시작했다는 것을 알아차린 것이다.

다시 말해, 가장 빠르게 변화하는 길은 자신의 어리석음을 비웃을 줄 아는 것이다. 그렇게 할 수 있으면 자유롭고 신속하게 대처할 수 있다.

허는 그의 생쥐 친구들, 스니프와 스커리로부터 중요한 교훈을 얻었다. 그들이 사는 방식은 간단했다. 그들은 사태를 지나치게 분석하거나 복잡하게 만들지 않았다. 상황이 바뀌어 치즈가 없어지면 그들 자신도 변화하여 치즈를 따라갔다. 그것은 허가 기억해야 할 교훈이었다. 그리고 허는 그 모든 일들을 생쥐보다 더 잘하기 위해 자신의 명석한 두뇌를 사용했다.

그는 지금까지의 경험과 두 친구들의 교훈을 토대로 변화에 적절히 대처하기 위한 몇 가지 방법을 적어보았다.

첫째, 자신의 주변을 간단하고 융통성 있게 유지하며 신속하게 행동하라.

둘째, 사태를 지나치게 분석하지 말고 두려움으로 자신을 혼동시키지 말라.

셋째, 작은 변화에 주의를 기울여서 큰 변화가 올 때 잘 대처할 수 있도록 준비하라.

새 치즈의 맛

허는 변화에 대한 감지 속도가 늦을수록 타격이 크다는 사실을, 또 과거에 집착하고 미련을 두는 것은 또 다른 변화에 알아차릴 수 없는 과오를 남긴다는 사실을 깨달았다. 그리고 이러한 변화를 수용하는 데 있어 가장 큰 방해물은 자신의 마음속에 있으며 자신이 먼저 변하지 않으면 다른 것도 변하지 않는다는 것을 인정하게 되었다.

허가 깨달았든 그렇지 않았든 간에 가장 중요한 사실은 새 치즈가 항상 어딘가에 있다는 사실이다. 약간의 두려움은 우리가 더 큰 위험에 빠지지 않도록 해주기 때문에 필요하다고

했지만, 허가 지금까지 느꼈던 대부분의 두려움은 근거없는 두려움이었고 그가 변하지 못하도록 방해했다. 허는 처음에는 변화를 거부했지만, 그 변화는 축복으로 바뀌어 허를 새 치즈가 있는 곳으로 인도했다. 더불어 그는 자신이 더 훌륭한 사람이 된 것도 발견하게 되었다.

허는 그가 깨달은 것들에 대해 생각하다가 문득 그의 친구 헴을 떠올렸다. 그리고 헴을 위해 자신이 C창고를 떠나 미로 속을 다니며 느낀 것들을 N창고의 가장 큰 벽에 다시 썼다. 그는 또 자신이 터득한 지혜의 글들 주위에 큰 치즈를 그려넣었다.

'혹시 헴이 이제 모든 불안을 떨쳐버리고 새 치즈를 찾아 나서지 않았을까? 혹시 그가 미로 속에서 이미 새 치즈를 찾아서 먹고 있지는 않을까?'

허는 C창고로 돌아갈 수 있는 길을 찾을 수 있다면 그곳에 가서 헴을 만나볼까 하는 생각도 해 보았다. 헴을 만난다면, 그가 곤경에서 벗어날 수 있게끔 도와주고 싶었다. 그러나 그러한 시도는 전에도 해본 적이 있었다.

헴이 자신의 낡은 울타리를 벗어나기 위해서는 안일한 생활과 미래에 대한 두려움을 스스로 극복해야 할 것이다. 누구든 새로운 길을 향해 나아가기 위해서는 스스로의 힘으로 개척해야만 한다. 그 자신의 인생은 아무도 대신 살아줄 수가 없다. 조언을 할 수는 있지만, 받아들이는 것은 그 자신의 몫이기 때문이다.

행복에 대한 권리는 모든 사람들에게 있지만, 그것을 얻을 수 있는 사람은 극히 드물다. 적어도 변화하려는 노력의 여지가 없는 한…….

만일 헴이 벽에 쓴 글을 읽을 수만 있다면, 이곳에 오는 길을 쉽게 찾을 수 있을 것이다. 허는 미로를 향해 친구에 대한 그리움을 적었다.

변화에 대처하는 방법

변화는 항상 일어나고 있다.
변화는 치즈를 계속 옮겨놓는다.

변화를 예상하라.
치즈가 오래된 것인지 자주 냄새를 맡아 보라.

변화에 신속히 적응하라.
사라져버린 치즈에 대한 미련을 빨리 버릴수록,
새 치즈를 보다 빨리 발견할 수 있다.

자신도 변해야 한다.
치즈와 함께 움직여라.

변화를 즐기라.
모험에서 흘러나오는 향기와 새 치즈의 맛을 즐겨라.

신속히 변화를 준비하고 그 변화를 즐기라.
변화는 치즈를 계속 옮겨놓는다.

허는 헴과 함께 지내던 C창고로부터 멀리 떨어진 곳에 와 있지만, 마음을 놓고 있다가 언제 어느 때 옛날의 비참한 생활로 되돌아가게 될지 모른다는 변수를 잊지 않았다. 그는 매일 아침 N창고를 둘러보고 치즈의 상태를 점검했다. 그는 다시는 예상치 못한 변화에 습격을 당하지 않기로 마음먹었다. 창고에 치즈가 충분히 있었지만, 허는 가끔 새로운 곳에 가서 변화의 조짐을 살피곤 했다.

그는 이제 익숙한 것과 남들이 그래야만 한다고 생각하는 것에 자신의 인생을 맡기는 우를 범하지 않을 것이다. 편안한 곳에서 외부와 격리된 삶을 사는 것보다 스스로 선택하는 삶을 사는 것이 가장 안전하다는 사실을 가슴 깊이 새기고 있는 까닭이다.

바로 그때 허는 누군가가 달려오는 소리를 들었다. 분명, 미로에서 들리는 소리였다. 누군가 이 미지의 세상으로 오고 있는 것이다. 허는 전에 그랬던 것처럼 잠시 기도하고 간절히 바랐다.

어쩌면, 결국, 혹시 헴이……

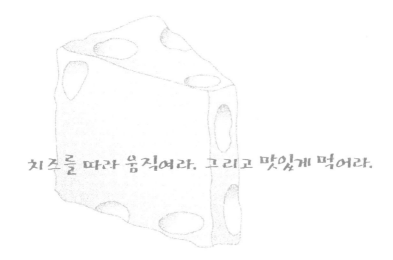

치즈를 따라 움직여라. 그리고 맛있게 먹어라.

토론

3장

그날 저녁

마이클이 이야기를 마쳤을 때 방안은 쥐죽은 듯 고요했다. 잠시 후 우리는 흐뭇한 미소를 나누며, 마이클에게 많은 감명을 받았다는 인사를 전했다.

네이단이 우리들에게 물었다.

"우리 다시 모여서 이 이야기에 대해 진지하게 토론해 보는 것이 어때?"

우리는 만장일치로 네이단의 의견에 동의했다.

그날 저녁, 우리는 호텔 라운지에 모여 미로 속에서 치즈를 찾아 헤매는 자신들의 모습을 상상하며 담소를 나누었다.

안젤라가 친근한 목소리로 우리를 향해 물었다.

"이야기 속에 등장하는 인물 중 우리는 어떤 형에 속할까? 스니프, 스커리, 헴 아니면 허?"

카를로스가 대답했다.

"나도 오늘 하루종일 그것에 대해 고민했어. 스포츠용품 사업을 구상하기 전의 상황이 떠오르더군. 그땐 꽤 어려웠었거든. 난 스니프처럼 변화를 빨리 알아차리지도 못했고, 스커리처럼 신속하게 행동하지도 못했어. 낯익은 세상 속에 머물러 있고자 하는 헴에 가까웠지. 변화에 대처하는 방법도 몰랐고, 변화 자체가 두려웠어."

학창시절 카를로스와 친하게 지내던 마이클이 반문했다.

"무슨 얘기야?"

카를로스가 대답했다.

"갑자기 직업을 바꿔야 했어."

마이클이 웃었다.

"해고당했니?"

"그래. 새 치즈를 찾아 나서고 싶지 않았다고 말할 수 있겠지. 왜 내게 그런 변화가 생겨야 하는지. 그 자체를 인정할 수가 없어서 무척 화가 났었어."

졸업 후 군대에 입대했던 프랭크가 말문을 열었다.

"군대라는 조직은 명령체계가 확실하지. 무슨 일이든 위에서 명령이 내려오면 그대로 따라야 해. 새 치즈를 확실하게 제시하는 조직이지. 그런데 오늘 이야기를 곰곰이 생각하던 중에 헴과 같은 사고방식을 가진 친구 하나가 떠올랐어. 그는 자신이 소속된 부서가 폐쇄되는 것을 인정하지 못했어. 다른 사람들은 소속 부서를 옮겨다니며 여러 가지 임무를 수행해야 했어. 나는 그에게 중대 내의 다른 부서에 대해 좋은 점들을 설명하며 남아있기를 권했지만, 그는 필요성을 느끼지 못하고, 끝내 밀려나버리고 말았지."

잠자코 듣고 있던 제시카가 말했다.

"나는 내게 그런 일이 생기리라고 생각하지 않았지만, 내 치즈가 사라진 것은 한 번이 아니었어."

모두들 웃었지만, 네이단은 웃지 않았다.

"아마 그것이 문제의 핵심일 거야. 변화는 우리 모두에게 일어나고 있어. 우리 가족이 치즈이야기를 좀더 일찍 들었더라면 좋았을 텐데……. 세대가 바뀌고 시간이 흐르는 만큼 큰 변화가 닥쳐왔지만 우리는 그 사실을 받아들일 준비조차 되어 있지 않아. 이제는 너무 늦었어. 벌써 몇 개의 상점이 폐업신고를 했어."

그의 이야기에 모두들 놀라워했다. 동창생들 중 가장 성공한 인물로 손꼽히는 네이단이 그런 지경에 이르렀다는 게 충격적으로 다가왔기 때문이다.

"왜 그렇게 되었지?"

제시카가 물었다.

"엄청난 재고를 쌓아놓고 낮은 가격으로 물건을 파는 초대형 할인매장이 우리 마을에 들어오는 바람에, 우리 소형 상점들의 매출은 형편없이 떨어지게 되었지. 우린 그들의 경쟁상대가 되지 않았어. 지금 생각해 보면, 우리는 '헴'의 무사안일주의에 빠져있었던 거야. 아무런 대책도 없이 하루하루를 소비했고, 그 시간만큼 우리는 출혈을 해야 했어. 만일 치즈이야기를 하루라도 빨리 들었더라면, '허'의 교훈을 통해 많은 것을 변화시킬 수 있었을 거야."

여성 기업인으로 성공한 로라가 조심스럽게 말문을 열었다.

"오후 내내 치즈이야기에 대해 생각해 보았는데, 나 역시 변화에 촉수를 세우고 그것을 긍정적으로 받아들이는 데 아직은 미숙한 점이 많다는 걸 깨닫게 됐어. 나도 허처럼 내 자신의 어리석음을 웃어넘기고 스스로 변화되어 더 나은 사람이 될 수 있으면 좋겠어. 궁금한 게 하나 있는데, 우리 중에서 변화를 두려워하는 사람이 몇이나 될까?"

아무도 대답하지 않았다.

"손을 들어 보면 어때?"

단 한 사람만이 손을 들었다.

"정직한 사람은 하나밖에 없는 것 같구나."

로라가 계속 말했다.

"그럼, 질문을 이렇게 바꾸는 게 좋겠다. 다른 사람들이 변화를 두려워한다고 생각하는 사람은 손을 들어봐."

이번에는 모두가 손을 들었다. 그리고 함께 웃었다.

"어떻게 생각해?"

"우리들은 자신이 변화를 두려워한다는 사실을 인정하고 싶지 않은 거야."

네이단이 대답했다.

마이클도 시인했다.

"우리는 자신이 변화를 두려워한다는 사실 자체도 깨닫지 못할 때가 있어. 나 역시 그랬어. 치즈이야기를 처음 들었을 때, 내 마음에 가장 와닿던 질문은 '만일 내가 두렵지 않다면 무슨 일을 할 수 있을까?'였어."

제시카가 거들었다.

"내가 치즈이야기에서 느낀 점은, 원하든 원하지 않든 간에 변화는 반드시 일어나게 된다는 사실이야. 내 경험을 얘기해볼게. 몇 년 전 우리 출판사는 백과사전을 기획해서 판매하는 사업을 진행하고 있었어. 그런데 한 직원이 파격적인 제안을 했지. 백과사전의 내용을 한 장의 CD(콤팩트 디스크)에 담아 싼 가격에 파는 것이 어떻겠냐는 거였어. 그렇게 하면 제작비용도 크게 절감되고 판매량도 늘어날 것이 분명했지. 그런데 우리 회사는 그렇게 하지 않았어."

"왜?"

네이단이 물었다.

"그 당시 우리 회사 영업파트의 급여체계는 성과급제도였거든. 방문판매를 원칙으로, 판매사원들이 소비자들에게 비싼 가격으로 판 백과사전에 대해 회사는 직원들에게 수수료의 일부를 배당했지. 그것이 우리 회사의 영업방침이었고, 미래에도 그 원칙이 적용될 것이라고 믿어 의심치 않았어."

"그게 바로 너희 회사의 치즈였구나."

"그래, 우리는 낡은 치즈를 버리지 못했어."

"달리 생각해 보면, 치즈에는 생명력이 있는 것 같아. 오래된 치즈는 상하기 마련이잖아."

"어쨌든 우리는 사업방식을 바꾸지 않았어. 그렇지만 우리 경쟁사들은 사업방식을 이내 바꾸었지. 불행히도 사업환경은 크게 변화됐고, 우리 회사 직원이 제안했던 CD 백과사전은 현실화되었어. 아무 대안도 마련하지 못한 채 지금은 여기저기서 들어오는 자금 압박에 시달리고 있지. 조만간 새 치즈를 찾아야 할 것 같아."

카를로스가 소리쳤다.

"이제 미로로 떠날 때가 되었어."

모두가 웃었고 제시카도 따라 웃었다. 카를로스가 제시카에게 말했다.

"자기 자신에 대해 웃을 수 있다는 것은 좋은 일이야."

프랭크도 한마디 거들었다.

"카를로스가 말한 것이 바로 내가 치즈이야기에서 얻은 교훈이야. 나는 주어진 문제에 대해 불필요한 고민들을 첨가해서 심각하게 받아들였지. 현실에 집착하며, 일어나지도 않을 일에 대해 미리부터 걱정하고, 소심해지고……. 허 역시 처음에는 나와 같은 생각을 했지만 자신의 어리석은 생각과 행동을 웃어넘겨버린 후에 변화를 긍정적으로 받아들이게 되었잖아. 나도 나의 어리석음을 인정하고 변화의 바람에 나를 맡겨볼 거야."

"헴도 변화되어 새 치즈를 찾았을까?"

안젤라의 질문에 일레인이 대답했다.

"그랬을 거야."

코리는 우리를 바라보며 이의를 제기했다.

"나는 그렇게 생각하지 않아. 변화를 직시하지 않고, 스스로 파멸을 자초하는 사람들을 종종 보게 돼. 동료의사들 중에도 헴과 같은 사람들이 있어. 그들은 치즈가 영원히 자신들의 것이라고 생각하지. 그래서 치즈를 빼앗기면 자신을 희생자라고 생각하고 다른 사람을 탓하게 돼. 그들은 새 치즈를 찾아 움직이는 사람들보다 훨씬 큰 고통을 치르게 되지. 아주 큰 대가를 말야."

네이단이 마치 자기 자신에게 이야기하는 것처럼 조용히 말했다.

"우리에게 주어진 과제는 두 가지라고 생각해. 우리가 포기해야 할 것은 무엇이고 우리가 가야 할 방향은 어디인가 하는 것으로 요약할 수 있을 거야. 변화는 내일 시작되는 게 아니라 바로 오늘 진행되고 있으니까."

잠시 동안 아무도 말을 하지 않았다. 네이단은 잠시 호흡을 고른 뒤 자신의 경험을 이야기했다.

"나는 아주 먼 곳에서부터 변화가 진행되어 오는 것을 미리 감지하고 있었어. 그 변화가 우리에게 영향을 미치지 않기를 바라면서……. 하지만 이제는 변화에 적응하려 노력하기보다는 변화를 주도하는 것이 낫다고 생각해. 우리 스스로가 먼저 치즈를 옮겨야 한다는 얘기야."

"그게 무슨 뜻이지?"

프랭크가 물었다.

"만일 우리 회사가 체인점들을 모두 정리하고 초현대식 상점을 지어 경쟁에 나섰다면 지금쯤 어떻게 되었을까?"

"그것이 바로 '모험에서 흘러나오는 향기와 새 치즈의 맛을 즐기라'고 한 허의 말뜻일 거야."

네이단의 반문에 로라가 대꾸했다.

"하지만 변하지 않아야 할 것도 있다고 생각해. 예를 들면 가치관 같은 거지. 자신의 생각은 배제하고 새 치즈만 찾아다닌다면, 자신의 자아는 어떻게 될 것 같아? 물론 치즈와 함께 발빠르게 움직인다면, 생활은 지금보다 훨씬 풍족해지겠지. 그러나 자신의 가치관은 상황에 따라서 시시각각 변하게 될 거야."

프랭크가 말했다.

"프랭크, 꽤 흥미로운 반론인데. 잘못된 신념이 몰고 온 재앙에 대해서 생각해 봤어? 히틀러가 그랬잖아. 가치관도 시대에 따라 변할 수 있는 거라구. 마이클, 치즈이야기는 재미있게 들었어. 그런데 그 이야기의 교훈이 회사실정에 맞는다고 생각해?"

전형적인 회의주의자인 리차드가 말했다. 친구들은 미처 몰랐지만, 리차드도 개인적인 어려움을 겪고 있었다. 그는 얼마 전 아내와 별거한 후 십대 아이들을 돌보며 직장에 다니고 있었다.

"나는 하루 24시간 동안 온종일 문제에 매달려야 했어. 정말 재미없는 일이었지. 다람쥐가 쳇바퀴를 도는 것처럼 빠져나갈 수 없는 생활이었지. 그러다가 치즈이야기를 듣고 나도 허처럼 마음속에 치즈를 그려보기로 했어. 나뿐만 아니라 동료들도 마음속에 또렷하고 생생하게 그림을 그리기 시작한 뒤부터 우리 사업도 다시 회복세로 돌아섰어."

"와, 대단한데?"

안젤라가 말했다.

"치즈이야기 중에서 내게 가장 강한 인상을 심어준 부분은 허가 두려움을 떨쳐내고 마음속에 치즈를 그렸다는 대목이었어. 구체화된 치즈를 찾아 미로 속을 달리는 허의 즐거운 모험이 피부에 와닿았다고나 할까. 결국 허는 더 좋은 치즈를 얻게되었지. 나도 이젠 할 수 없다고 미뤄두었던 일들을 다시 시작해봐야겠어."

얼굴을 찌푸리고 있던 리차드가 말했다.

"나의 상사는 우리 회사가 변해야 한다고 말했지만, 실은 내가 변해야 한다고 말하고 싶었던 것 같아. 하지만 난 그의 말을 믿고 싶지 않았어. 현실적으로 그래야 할 필요를 느끼지 못했거든. 눈에 보이지 않는 치즈를 위해 나를 희생해야 한다는 사실이 거부감을 느끼게 했지. 치즈가 존재할 것인지조차 신뢰할 수 없었고. 그런데 이젠 생각이 바뀌었어. 구체적으로 치즈에 접근해 볼 거야. 아예 미로를 직접 그려보면 어떨까?"

말을 마치고 리차드가 싱긋 웃었다.

"미래의 치즈를 상상해 보는 것은 좋은 아이디어라고 생각해. 마음도 한결 가벼워질 테고 말야. 또 그렇게 하면 응어리져 있던 걱정은 사라지고 앞으로 해야 할 일들을 적극적으로 생각해 낼 수 있을 거야."

"내 가정생활의 고민을 해결할 대안으로 이 방법을 사용할 수도 있지 않을까? 우리집 아이들은 자신의 인생에서 더 이상의 변화가 일어나지 않기를 바라고 있거든. 부모의 별거로 인해 심리적인 타격을 받은 이유도 한몫을 했겠지만, 보다 근본적인 이유는 내가 아이들에게 새 치즈에 대한 그림을 선명하게 그려 주지 않았기 때문일 거야. 하기는 나 자신을 위한 그림을 그려 본 적도 없으니까."

다른 친구들도 각자의 가정에 대해 조용히 생각해 보았다.

"이 자리에 모인 우리들 대부분은 직장에 대해 이야기했지만, 나는 치즈이야기를 들으면서 내 개인적인 생활과 연관지어 생각해 봤어. 현재의 내 생활은 곰팡이가 잔뜩 피어있는 오래된 치즈같다고나 할까. 고교시절부터 지금까지 변화된 게 아무 것도 없어."

코리가 일레인의 말에 동의하며 웃었다.

"나 역시 그래. 오래된 치즈와 같은 생활은 이제 청산해버리는 게 좋겠지."

안젤라가 자신의 생각을 이야기했다.

"오래된 치즈는 구태의연한 생활태도를 의미한다고 생각해. 우리가 그런 생활태도를 버리면 우리 인생도 훨씬 좋아질 거야. 우리에겐 새로운 생각과 새로운 행동이 필요해."

코리가 말했다.

"바로 그거야. 새 치즈는 우리 이웃들과 새로운 관계를 맺는 일이라고도 할 수 있어."

리차드도 동의했다.

"우리 인생은 우리가 선택한 거야. 우리가 맺어온 관계 역시 그러하고, 그런데 애석하게도 스스로 선택할 수 있는 자유조차 잊어버리고 살 게 되었지. 내 생각에도 관계를 청산하기보다는 구태의연한 태도를 청산하는 것이 좋을 것 같아. 같은 태도는 결국 같은 결과를 가져 올 수밖에 없으니까."

"치즈이야기를 듣고 나서 나는 직업관에 대해 생각해 봤어. 회사에 변화가 있을 때마다 나는 심각하게 고민을 했지. '이 회사가 정말 나를 원하고 있는가' 하고 말야. 고심 끝에 번번이 전직을 하게 됐고, 아직 제대로 된 이력서를 만들 만한 경력을 쌓지 못했어. 회사가 원했던 것은 함께 변화하는 것이었는데……. 내가 이 사실을 조금만 더 일찍 깨달았더라면, 지금쯤 좋은 환경에서 일하고 있을 텐데 말이야."

졸업 후 다른 도시에 가서 자리를 잡은 베키가 말했다.

"치즈이야기와 여러 친구들의 이야기를 듣고 있자니, 나 자신이 무척 한심하다는 생각이 들었어. 나는 이제까지 헴처럼 변화를 두려워하며 헛기침에 점잔만 빼면서 살아왔어. 혹 나도 모르는 사이에 우리 아이들에게 이런 습관을 물려주게 되면 어쩌나 하는 걱정도 했고. 그렇지만 변화는 두려움을 동반하는 대신 우리를 새롭고 더 좋은 곳으로 인도한다는 것을 깨달았어. 내 경험을 얘기해 볼게. 아들이 고등학교 2학년에 올라갔을 때 있었던 일이야. 우린 남편의 직장을 따라 일리노이 주에서 버몬트 주로 이사를 해야 했어. 아들은 친구를 떠나야 한다는 생각에 몹시 화가 나있었지. 게다가 그 아이는 그때 유명한 수영선수였는데 버몬트의 학교에는 수영팀이 없었거든. 어쨌든 결국 버몬트 주로 이사를 했고, 우린 새 생활에 적응하기 시작했어. 새로운 환경은 우리를 변화시켰지. 버몬트의 아름다운 산은 아들을 스키에 매료되게 했고, 대학에 다닐 때는 스키선수로 활약하기도 했어. 지금은 콜로라도 주에 있는데 매우 만족스러운 것 같아. 만약 우리가 그때 뜨거운 코코아 한 잔을 마시면서 치즈이야기를 들었더라면 별로 큰 스트레스를 느끼지 않고 이사할 수 있었을 거야."

"집에 가서 우리 식구들에게 치즈이야기를 해줄 거야. 우리가 나누었던 대화처럼 아이들에게 자신들이 네 주인공 중 누구에 해당하느냐고 물어볼 거야. 또 우리 가족들의 낡은 치즈는 무엇이었고, 새 치즈는 무엇이 될지……."

제시카가 흥분된 목소리로 말했다.

"그거 좋은 생각인데!"

리차드가 동의하자 프랭크도 거들었다.

"나도 허처럼 치즈와 함께 움직여야겠어. 달콤한 치즈향기를 맡으며 행복에 젖어보고 싶어. 동료들에게도 잊지 않고 치즈이야기를 전해줄 거야. 제대 후의 불투명한 미래에 대해 몹시 걱정하고 있거든. 그들과 함께 토론하면서, 새 치즈가 주는 감동을 나눌 거야."

죽 이야기를 듣고 있던 마이클이 말했다.

"전에도 말했듯이 우리 회사 동료들도 프랭크와 제시카가 말한 방법대로 회사 사정을 개선시켜 나갔어. 치즈이야기가 주는 상징적인 의미에 대해 토론하고 실제 업무에 맞도록 교정하면서 오차를 줄였지. 회사 분위기는 전과는 달리 활기차게 돌아갔고, 변화가 찾아오기 시작했어. 스스로 행동하고 각자 나름대로의 원칙에 따라 난관을 돌파했지. 그리고 우린 평화를 찾을 수 있었어."

"어떻게?"

네이단이 물었다.

"조직이 크면 클수록 조직에 속한 사람들은 자기 자신이 회사에 별다른 영향력을 미치지 못한다고 생각해. 그들은 위에서부터 내려오는 변화가 자신들에게 어떤 영향을 미칠지 전혀 예측할 수 없기 때문에 변화를 두려워하고 거부감을 느끼게 되지. 그것이 긍정적인 것이든 부정적인 것이든 간에 말야. 말하자면, 강요된 변화는 거부감을 낳는다는 얘기야. 애써 부정하느라 소중한 시간을 낭비하며 자신을 소진시키게 되는 악순환을 반복하면서도 무엇이 문제인지를 몰라 끊임없이 반복된 생활을 하지. 치즈이야기를 좀더 일찍 들었더라면, 시간을 아낄 수 있었을 거야."

"왜?"

카를로스가 물었다.

"내가 회사 안에서 변화의 필요성을 역설하기 시작했을 때에는 이미 회사 사정이 나빠질 대로 나빠진 상황이었거든. 직원들이 하나 둘씩 해고당하고 있던 시기였어. 좋은 친구들을 떠나 보내는 것은 참으로 괴로운 일이었어. 그러나 떠나는 사람이나 남아있는 사람이나 치즈이야기를 듣고 난 후에는 새로운 시각을 가지고 변화를 극복하게 되었지. 새 직장을 찾아야 했던 사람들은 처음에는 어려웠지만 치즈이야기를 떠올리면서 힘을 얻었다고 하더군."

"치즈이야기 중에서 특히 어떤 부분이 그들에게 도움이 된 거지?"

안젤라가 물었다.

'두려움을 극복하면 새 치즈를 찾을 수 있다'는 부분에서 희망의 메시지를 찾았다고 하더군. 늘 마음속에 새 치즈의 그림을 그려넣다 보니, 새로운 인생이 눈앞에 보이게 된 거야. 그중 몇 사람은 상쾌한 기분으로 면접을 보고 더 좋은 직장을 구할 수 있었지. 처음에는 변화를 거부하던 사람들도 변화의 좋은 점을 깨닫고 결국 변화에 적극 동참하게 되었어."

코리도 물었다.

"그 이유가 뭐라고 생각해?"

"회사 내부의 동류의식과 깊은 관계가 있는 것 같아. 만일 최고경영자가 변화를 선언하면 회사 내에서 어떤 일이 일어날까? 부하 직원들이 그 변화를 긍정적인 것으로 받아들일까?"

"아니. 부정적으로 받아들이겠지."

프랭크가 대답했다.

"네 말이 맞아. 그런데 왜 그럴까?"

카를로스가 말했다.

"대부분의 사람들은 낯선 환경에 대해 경계심을 품고 있어. 변화에 대한 일종의 방어벽이라고 할 수 있지. 그런 와중에 자신의 기득권을 놓지 않고자 하는 발언권이 센 사람이 변화를 거부해야 한다고 목소리를 높이면, 너도나도 그 의견에 동의하게 되지."

"어떤 이들은 변화의 필요성을 느끼면서도 선심을 쓰기 위해 변화를 거부해야 한다고 말하는 사람도 있어. 그게 바로 변화에 대항하는 동류의식인데, 일반 조직 안에서도 흔히 볼 수 있지."

베키도 자신의 의견을 얘기했다.

"부모와 자녀들 사이에서도 그런 일이 일어날 수 있어."

"마이클, 자네 회사 동료들이 치즈이야기를 듣고 나서 구체적으로 달라진 것은 무엇이었나?"

마이클이 간단하게 대답했다.

"아무도 헴과 같은 사람으로 보이고 싶어하지 않았어."

모두들 웃었다. 네이단도 웃으며 말했다.

　"바로 그거야. 우리 집안 사람들도 치즈이야기를 들으면 헴 처럼 보이고 싶지 않을 거야. 스스로 변화를 찾아 나서겠지. 지난번 동창회 모임 때 그 얘길 해주지 그랬어. 그랬다면 변화 에 일찍 적응할 수 있었을 텐데."

　마이클이 마지막으로 자신의 생각을 얘기했다.

　"치즈이야기의 교훈은 우리 회사뿐만 아니라 거래처에게도 영향을 주었어. 거래처 사람들 역시 변화와 씨름을 하고 있었 기 때문에 그 이야기를 전해 주었지. 그들은 차츰 변화의 길을 모색하기 시작했고, 마침내 함께 성장하는 동반자가 되었지. 지금도 나는 거래처 사람들과 치즈이야기에 대한 토론을 벌이 곤 해. 혹시 우리 뺨에 묻어있는 치즈가 썩어있지는 않은지, 현실에 적당히 안주하며, 새 치즈에 대한 상상을 소홀히 하고 있는 건 아닌지…… 등의 이야기를 나누다 보면, 새로운 활력 을 얻게 되지."

그 말을 듣고 있던 제시카는 그날 아침 거래처에서 걸려온 전화가 생각나 시계를 들여다보며 말했다.

"벌써 새 치즈를 찾아 가야 할 시간이 되었군."

모두 웃었다. 그리고 작별인사를 했다. 좀더 토론을 하고자 하는 친구들도 있었지만 떠나야 할 시간이었다. 그들은 '치즈 이야기'를 들려준 마이클에게 감사의 말을 전하며 자신들이 가야 할 길을 향해 하나 둘씩 일어섰다.

"치즈이야기가 큰 도움이 되었다니 기뻐. 그 이야기를 다른 사람들과도 나눌 수 있게 되기를 바래."

〈끝〉

당신의 치즈는 안전한가?

우리는 '변화'라는 화두를 안고 살아간다. 그 변화는 우리 인생을 송두리째 흔들어 놓기도 하고, 보다 안전한 삶을 향한 이정표가 되어주기도 한다. 그러나 애석하게도 우리는 변화를 긍정적으로 받아들이는 사고에 익숙하지 않다. 낯익은 환경이 주는 안락에 취해 다가오는 변화의 기미를 애써 외면해버리고, 알 수 없는 미래에 대한 두려움으로 인해 우리의 촉수는 점점 더 무디어져 간다.

과연 10년 뒤, 우리의 일상은 어떻게 변화되어 있을 것인가? 그때, 우리는 어떤 미로 속을 달리고 있을까? 혹, 아무도 오지 않는 막다른 골목에서 썩은 '치즈' 때문에 절망하고 있진 않을까…….

나는 '변화'에 대한 명쾌한 답을 이 책「누가 내 치즈를 옮겼을까?」에서 찾을 수 있었다. 처음 이 흥미롭고 위대한 이야기를 접한 것은 스펜서 존슨씨와 공동으로「일 분 매니저 (One Minute Manager)」를 집필하기 몇 년 전이었다. 그리고 몇 년의 세월을 더한 지금, 내가 받았던 감동의 깊이 그대로 독자 여러분과 함께 나눌 수 있게 되었다.

「누가 내 치즈를 옮겼을까?」에는 치즈를 찾아다니는 네 명의 재미있는 인물이 등장한다. 이들은 안주라는 감미로운 유혹과 변화라는 험난한 여정을 통해 삶의 참의미를 깨달아 간다. 본서에 등장하는 '치즈'란 우리가 생활 속에서 얻고자 하는 직업, 인간관계, 재물, 근사한 저택, 자유, 건강, 명예, 영적인 평화 그리고 조깅이나 골프 같은 취미활동까지를 모두 아우르는 개념이다.

우리들은 나름대로 자신만의 '치즈'를 마음속에 두고 그것을 추구하며 살아간다. 그것이 자신을 행복하게 해줄 것이라고 믿기 때문이다. 또 자신이 그토록 갈구하던 '치즈'를 얻게 되면, 누구나 그것에 집착하며 얽매인다. 하지만 만약 '치즈'를 상실하게 된다면 급격한 변화를 수용하지 못하고 심리적인 공황상태에 빠져버린다. 이 책의 주인공들은 각자의 '치즈'를 통해 우리가 지향해야 할 삶의 모습들을 제시한다.

본 우화의 또 다른 매력은 '미로 찾기'에 있다. '미로'는 우리들 각자가 원하는 것을 찾기 위해 머무르는 장소를 의미한다. 여기서 말하는 장소란 우리가 현재 몸담고 있는 조직이나 지역사회, 또는 우리 삶에 등장하는 어떤 관계일 수도 있다.

우리는 '미로'를 달리며 수많은 장애물에 부딪치게 된다. 막다른 곳, 함정이 도사리고 있는 곳, 왔던 길을 되짚어 가야 하는 곳……. 이 책은 바로 우리 자신이 개척해 나갈 '통로'를 보여줌으로써, 위기에 빠진 직장생활이나 결혼생활 그리고 인생을 새롭게 변화시키는 커다란 촉매제로 작용할 것이다.

실제로 NBC-TV에서 존경받는 방송인으로 맹활약을 하고 있는 찰리 존스는 「누가 내 치즈를 옮겼을까?」를 읽고 직장생활의 위기를 극복했다는 고백을 했다. 그 당시 그가 방송국에서 하던 일은 스포츠 중계방송이라는 독특하지만, 방송인이라면 누구나 조금만 노력하면 해낼 수 있는 업무였다. 순조로운 일상이 지나갔고, 올림픽 육상경기의 장·단거리 중계방송을 훌륭히 치러내기도 했다. 그런데 그의 직장상사는 다음 올림픽 경기에서 그의 주력분야인 육상 대신 수영과 다이빙 중계를 담당하라고 지시했다. 그 순간 찰리 존스는 당황했고 화가 치밀었다. 새로 맡겨진 종목에 대한 지식이 부족했기에 그는 더 큰 좌절감에 시달리게 되었다. 남들이 자신을 알아주지 않는다는 열등감이 더해지면서 위기감은 증폭되었다.

이러한 그의 불안은 상사에 대한 분노로 치달았고, 그가 하는 모든 업무에 영향을 미쳤다. 바로 그때 찰리 존스는 「누가 내 치즈를 옮겼을까?」를 읽게 되었다.

책을 읽고 나서, 찰리 존스는 자신의 사고방식과 행동이 어리석었다는 것을 깨닫게 되었다. 그는 즉시 안주하고 있던 '치즈'에서 벗어나 현실에 적응하기 시작했다. 수영과 다이빙을 공부하면서 새로운 의지를 불태웠다. 이러한 그의 노력은 상사에게까지 전달되었고, 그가 해왔던 업무와는 비교도 안 될 만큼 중요한 임무가 맡겨졌다. 즐거운 마음으로 변화를 수용한 결과인 것이다. 찰리 존스는 전보다 더 열성적으로 일을 했고, 그 후에는 프로축구 명예의 전당 방송을 도맡게 되었다.

이 후일담을 듣고, 나는 이 책의 미완성본을 우리 회사 직원들(약 200명 가량)에게 나누어주었다. 그들에게 희망의 씨앗을 심어주고, 함께 변화할 수 있는 기회를 마련하고자 하는 바람에서였다.

미래 생존경쟁에서 살아남기를 원하는 여느 회사처럼, 우리 블랜차드 훈련개발원 역시 끊임없이 변화를 추구한다. 우리의 '치즈'는 계속해서 옮겨다닌다. 변화하는 '치즈'에 따라 과거에는 충성스럽고 우직한 직원이 필요했지만, 현재는 주위상황에 민감하게 대처할 수 있는 융통성 있는 직원이 필요하다. 그러한 까닭에 '치즈'는 유동적으로 움직일 줄 아는 직원들에게 돌아가게 된다.

독자 여러분도 잘 아는 사실이지만, 변화를 보고 그것을 이해하는데 도움이 되는 인생관을 갖지 못하면, 직장생활이나 모든 사회생활은 스트레스로 인해 엉망이 된다. 이 책을 읽은 이들의 공통된 소감은 변화를 보는 새로운 시각이었다. 다가올 미래에 대해 변화의 촉수를 세우지 않으면, 우리는 영원히 '썩은 치즈'의 망령에 시달리게 될 것이다. 이 짧은 우화는 우리에게 변화의 단서를 제공하리라고 확신한다.

'치즈' 읽기의 마지막 묘미는 모두 세 부분으로 이루어진 구성에 있다. 첫 번째 장 〈모임〉에서는 오랜만에 만난 동창생들의 모습을 통해 다양한 삶의 모습과 변화된 환경을 보여주고, 두 번째 장에서는 이 책의 핵심 내용인 『누가 내 치즈를 옮겼을까?』를 소개한다.

세 번째 장 〈토론〉에서는 이 우화가 그들에게 어떤 의미로 작용할 것이며, 그들의 일과 삶 속에서 어떻게 활용할 수 있을까 하는 토론이 이어진다.

이 책의 초고만 읽은 사람들 중에는 마지막 장은 읽지 않고 나름대로 이 이야기의 의미를 해석한 사람도 있고, 또 어떤 이는 마지막 장을 아주 흥미롭게 읽었다고 한다.

여러 의견이 분분하지만 개인적인 바람으로 독자 여러분들이 나처럼 이 책을 거듭해서 읽고, 읽을 때마다 새롭고 유익한 교훈을 얻었으면 한다. 그렇게 하면 변화에 잘 대처할 수 있고 각자 원하는 큰 성공을 이루는 데에도 무리수가 따르지 않을 것이라는 확신이 있기에 감히 단언하는 것이다. 나는 여러분들이 이 책에서 발견한 숨겨진 보물을 마음껏 즐기고 또 바라는 만큼 성공하기를 원한다. 하지만 반드시 기억해야 할 것이 있다. 그것은 '치즈'와 함께 자신도 움직여야 한다는 사실이다. 때로는 눈앞을 가로막는 거대한 벽에 떠밀려 추락하는 것 같은 참담한 기분에 사로잡히기도 하지만 이제는 과거의 '치즈'를 미련 없이 버려야 한다. 생존의 밀림에서 '도태' 되지 않기 위해서는 반드시 '썩은 치즈'를 과감히 버리고 '새로운 치즈'를 향해 나서야 되기 때문이다.

변화의 시대를 살아가는 우리들

새 천년을 시작하는 서기 2000년의 아침이 밝았다. 우리는 1997년부터 시작된 IMF 통제경제 시대의 고통을 뒤로 하고 다시 무엇인가 이뤄 보겠다는 희망에 부풀어있다. 이 희망의 결실을 얻기 위해 제일 먼저 할 일이 있다. 그것은 급격히 변화되고 있는 현실에 적응하기 위해 우리 자신을 변화시키는 일이다.

IBM은 과거 전세계 컴퓨터 시장에서 황제의 위치에 있었다. 당시 IBM의 상징물은 길들여지지 않은 야생오리였다. 항상 주위 환경의 변화를 살피며 적시에 하늘로 비상할 준비를

갖추고 있는 야생오리와 같이, IBM 직원들은 현실의 변화에 대처하고 앞을 내다볼 줄 아는 자들로 평가 받았다. 그러나 세월이 흐르면서 세계를 제패했다는 자만심으로 그들은 현실에 안주하게 되었고 결국 업계의 주도권을 빼앗겼다. 그후 각고의 노력으로 본래의 야성을 회복한 IBM은 업계의 추이에 발빠르게 대처하면서 사업의 다각화, 철저한 고객관리 등으로 다시 선두주자의 대열에 합류했다.

IBM의 재기의 역사는 우리에게 시사하는 바가 크다. 우리는 과거 고속성장의 신화에 취해 가진 것을 즐기느라 과거의 성실함과 민첩함을 잊어버렸고 그 결과 국가 경제의 주도권을 IMF에게 빼앗겼다.

우리는 절치부심한 끝에 IMF의 통제에서 벗어나긴 했지만 외국 투자가들의 시각은 아직도 싸늘하기만 하다. 어쩌면 앞으로 해야 할 일이 지난 2년간 한 일에 비해 훨씬 많고 고통스러울지도 모른다. 왜냐하면 국내외의 현실이 1997년과는 또 다르게 변화하고 있기 때문이다. 하루가 다르게 발전하는 컴퓨터, 정보통신, 의학기술 등의 발전은 우리의 일상생활에 막대한 영향을 미치고 있다. 우리는 이러한 변화를 맞이하여서 새로운 사고방식과 몸가짐으로 거듭나지 않으면 안된다. 즉, 변화의 노예가 아닌 주인으로서 새 시대를 열어가야 한다는 말이다.

이렇게 다짐하는 우리에게, 해를 거듭할수록 월스트리트의 베스트셀러로 자리를 굳히고 있는 이 책은 큰 교훈을 안겨준다. 변화되고 있는 상황에 안주하고 있다가 큰 낭패를 당하는 인물, 늦게나마 각성하여 재기하는 인물, 변화에 민감하게 대처하여 오히려 변화를 즐기며 도약의 기회로 이용하는 인물이 대조적으로 묘사되어 보다 현실감 있게 이해를 돕는다.

부디 이 책이 여러분들이 새 천년을 맞아 신 인간으로 거듭나는데 도움이 되기를 바란다.

2000년 1월
로스앤젤레스에서 이영진

약   력

지음 / 스펜서 존슨

세계적인 베스트셀러 작가로 미국 남가주 대학에서 심리학을 전공한 후 왕립외과대학을 거쳐 미네소타주 메이오클리닉에서 수련의 과정을 수료했다. 주요 저서로는 〈One Minute〉시리즈, 〈Yes or No〉, 〈Value Tales〉시리즈, 〈The Precious Present〉 등이 있다.

옮김 / 이영진

서울대학교 외교학과, 미국 일리노이 주립대 MBA를 거쳐 오하이오 주립대에서 경영학 박사과정을 수료했고, 현재 로스앤젤레스 소재 대한증권 부사장을 맡고 있다. 미국 한국일보 '주간 경제 동향' '증권가이드', 세계일보 주간 '이영진의 경제이야기'를 집필했다.

개발 / 김영신

가톨릭대학교 영어영문과를 졸업하고 MBC 문화방송에서 방송작가로 활동하였다. (주)진명출판사 제작팀에 근무하며 〈수리수리 마수리 열려라! 과학〉, 〈폭소탄 만화영어 2단어편〉, 〈폭소탄 만화영어 3단어편〉, 〈순간을 채색하는 내 영혼의 팔레트〉 등을 제작하였다.

누가 내 치즈를 옮겼을까?

초판 발행 | 2000년 3월 15일
58쇄 발행 | 2023년 12월 31일

저   자 | 스펜서 존슨
번   역 | 이영진
발 행 인 | 안광용
발 행 처 | (주)진명출판사
등   록 | 제10-959호(1994년 4월 4일)
주   소 | 서울 마포구 양화로 156, 1517호(동교동, LG팰리스빌딩)
전   화 | TEL 02) 3143-1336 / FAX 02) 3143-1053
이 메 일 | book@jinmyong.com
총괄이사 | 김영애
마 케 팅 | 최여진, 김종규

ISBN 978-89-8010-480-2